Vente des Jeudi 17 et Vendredi 18 Mars 1870

COLLECTION DE FEU M. NICOLLE

TABLEAUX

ANCIENS

EXPOSITION PUBLIQUE : Le Mercredi 16 Mars 1870

SALLE N° 1

M° EUGÈNE ESCRIBE	MM. DHIOS ET GEORGE
COMMISSAIRE-PRISEUR	EXPERTS

PARIS — 1870

RENOU ET MAULDE

IMPRIMEURS DE LA COMPAGNIE DES COMMISSAIRES-PRISEURS

Rue de Rivoli, 144

CATALOGUE

DE

200 TABLEAUX

ANCIENS

DES ÉCOLES

Française, Hollandaise, Flamande, Italienne
et Espagnole

QUELQUES TABLEAUX MODERNES

PARMI LESQUELS PLUSIEURS COMPOSITIONS

PAR

M. Anatole de BEAULIEU

DONT LA VENTE AUX ENCHÈRES PUBLIQUES AURA LIEU

Après Décès de M. NICOLLE

HOTEL DROUOT

SALLE N° 1

Les Jeudi 17 et Vendredi 18 Mars 1870

A DEUX HEURES

Par le ministère de Mᵉ **Eugène ESCRIBE**, Commissaire-Priseur,
rue de Hanovre, 6,

Assisté de **MM. DHIOS** et **GEORGE**, Experts, rue Le Peletier, 33.

EXPOSITION PUBLIQUE

Le Mercredi 16 Mars 1870, de une heure à cinq heures

PARIS — 1870

DÉSIGNATION

TABLEAUX ANCIENS

AELST (Van)

1 — Rose et Tulipe dans un Vase.

ARELLANO

2 — Fleurs et Fruits.

ASSELYN

3 — Le Passage du Gué.

BAROCHE (École de)

4 — La Mise au tombeau (Esquisse).

BEMEL

5 — Paysage ; clair de lune.

BERCKEYDE 1603. (Signé J.)

6 — Intérieur d'un Temple protestant.

BENARD (J.-B.)

7 — Jeux d'enfants : le Colin-Maillard.

BLANCHARD

8 — Figure allégorique de la Paix.

BLOEMEN (P. Van)

9 — Halte de militaires. Deux pendants.

BOEL (Pierre)

10 — Saladier de raisins, signé d'initiales et daté 1619.

BOL (Ferdinand)

11 — Portrait d'homme.

Représenté à mi-corps, à l'entrée d'un vestibule, accoudé sur une console en marbre et tenant une lettre.

BOUCHER (École de)

12 — L'Indiscret.

BOURGUIGNON (École de)

13 — Une Bataille d'Alexandre.

BREUGHEL

14 — La Fuite en Égypte.

BREUGHEL

15 — Vases de fleurs. Deux pendants.

BREUGHEL

16 — Paysage avec Chasseurs.

BREUGHEL

17 — Paysage boisé avec Chariot à la porte d'une chaumière.

BRIL (Paul)

18 — Deux grands paysages formant pendants.

BRUANDET

19 — Paysage ; site boisé.

CALLET (A.-F.)

20 — Portrait d'homme en buste.

CANOT

21 — La Fête du grand-père.
Composition gravée.

CARRACHE (École des)

22 — Apparition de la Vierge à saint Antoine de Padoue.

CASTIGLIONE (Benedetto de)

23 — La Fuite en Egypte.

CATENA (Vincent)

24 — La Vierge, l'Enfant Jésus, saint Joseph et Marie-Madeleine.

CHARDIN

25 — Portrait d'une jeune femme, la tête couverte d'une fanchon, les épaules enveloppées d'une mante bleue garnie de fourrures.

COCLERS (Signé J.-F.)

26 — Le Christ à la colonne.

COENE, 1800 (Signé)

27 — La Partie de cartes.

28 — La Guitariste.
Deux scènes d'intérieur formant pendants.

CORRÉGE (École de)

29 — La Madeleine.

CORTONE (Pierre de)

30 — Jupiter et Io (Esquisse).

CORTONE (Pierre de)

31 — Sujet historique (jolie Esquisse).

CORTONE (Attribué à)

32 — La Mort d'Alexandre.

COYPEL (Noel)

33 — Renaud et Armide.

COYPEL (Charles)

34 — Jeune Femme assise au milieu d'un paysage, figure allégorique.

COYPEL (Attribué à)

35 — La Toilette de Vénus.

36 — L'Enlèvement d'Europe. Deux pendants.

CRIVELLONE

37 — Trophée de gibier.

CROOS

38 — Environs de Dordrecht.

CUYLENBURG

39 — Danse de Satyres dans une grotte.

CREPIN

40 — Paysage avec rochers et chute d'eau.

DECKER

41 — Cabane au bord d'un ruisseau.

DEMARNE (Attribué à)

42 — Pêcheurs sur une plage.

DESPORTES (Attribué à)

43 — Lièvre et Faisan convoités par un chat.

DESPORTES (Attribué à)

44 — Abricots et raisins.

DIETRICH

45 — Paysage. Jésus et les Pèlerins d'Emmaüs.

DIÉTRICH

46 — Le Pendant. L'Ange et Tobie.

DROOGSLOOT

47 — Place de Village.

DUCHATEL

48 — Kermesse flamande.

49 — Pendant du précédent.

DUCREUX (Joseph)

50 — Portrait d'homme.

DYCK (Attribué à Van)

51 — La Vierge et l'Enfant Jésus endormi. (Agréable tableau de chevalet.)

FERGUSON

52 — Soldats jouant aux dés.

FRAGONARD (Attribué à)

53 — Psyché et l'Amour.

FRAGONARD (École de)

54 — Garde à vous.

FRAGONARD (École de)

35 — Sujet d'histoire (Esquisse).

FRANCK

56 — L'Adoration des Bergers.

FRANCK

57 — Festin dans un parc.

FRANCK et BREUGHEL

58 — La Madeleine. Médaillon au milieu d'une guirlande de fleurs.

FYT (Manière de)

59 — Gibier mort et légumes.

GÉRICAULT

60 — Tête d'Étude.

GILLEMANS

61 — Scène flamande dans un cartouche entouré de fleurs.

GILLOT

62 — Récréation au bord de l'eau.

GLAUBER ET LAIRESSE

63 — Agar au désert.

VAN GORP

64 — La Prière.

GREUZE (École de)

65 — La Prière.

GREUZE (Manière de)

66 — Tête de Bacchante.

67 — Tête de jeune fille ; pastel.

GUARDI (Attribué à)

68 — Paysage avec pont rustique (Esquisse).

GUASPRE POUSSIN

69 — Paysage avec chute d'eau.
Figures de pêcheurs au premier plan.

GUIDO RENI?

70 — Le Sommeil de l'Enfant Jésus.

HACKERT (Jean)

74 — Rochers et chute d'eau.

HALS (Attribué à FRANS)

72 — Portrait d'une jeune femme hollandaise.

HARLEM (CORNEILLE DE)

73 — L'Age d'or.

HELMONT (VAN)

74 — La Lecture de la Gazette.

HEUSCH (GUILLAUME DE)

75 — Paysage : Villageois sur une route au bord d'une rivière.

HILAIRE

76 — Ruines de Monuments égyptiens. Deux pendants.

HOBBEMA (D'après)

77 — Le Moulin à eau.

HONDIUS (Abraham)

78 — Canards dans une mare, auprès de grands chardons et de plantes grimpantes.

HONTHORST

79 — Tête de guerrier.

79 bis — Une jeune Villageoise offre une pièce de monnaie à un jeune garçon qui tient un oiseau.

HUET (Jean-Baptiste)

80 — Tableau décoratif.

HUYSMANS de MALINES

81 — Le Départ pour le marché.

HUYSMANS de MALINES

82 — Paysage ; Site montagneux.

JANSSENS

83 — Ulysse et Circé.

JORDAENS

84 — Tête de Bacchus.

KABEL (Vander)

85 — Marine.

KESSEL (Jan Van)

86. — Paysage boisé.

KOBELL

87. — Vache et Moutons au pâturage.

LACROIX

88 — Port de mer sur la Méditerranée.

LAFOSSE

89 — Vertumne et Pomone.

LANCRET (École de)

90 — Deux Scènes d'intérieur.

LAHYRE (Laurent de)

91 — Sainte Famille.

LANFRANC (École de)

92 — Tête de Vieillard.

LEBRUN (D'après)

93 — Le Christ au Jardin des Oliviers.

LEMOINE

94 — Mars et Vénus.

LENAIN (École des frères)

95 — Intérieur de Corps de garde.

LIÉGEOIS Signé (PAUL)

96 — Pêches, Prunes, Raisins et Figues, groupés sur
une table de marbre.

LOO (VAN)

97 — Une Vestale.

LOO (École de VAN)

98 — Stanislas, roi de Pologne.

LOO (École de VAN)

99 — Portrait de Marie Leczinska jeune.

LUINI (D'après)

100 — Tête de saint Jean-Baptiste.

MAGNASCO

101 — Femmes italiennes à la fontaine.

MANS (François)

102 — Village de Hollande au bord d'une rivière.
Composition animée d'une multitude de petites figures.

MIEL (Jean)

103 — Halte de Chasseurs et de Villageois auprès d'une
auberge.

MIEL (Manière de J.)

104. — Le Coup de l'étrier.

MILÉ (Francisque)

105 — Paysage historique.

MOMPÈRE

106 — Paysage ; Site montagneux.

MOOR (Karl de)

107 — Les Fiançailles.

NATTIER (Ecole de)

108 — Portrait de jeune femme, costume régence.

NATTIER (Ecole des)

109 — Portrait de jeune femme.
Représentée assise dans un fauteuil et tenant un chien carlin
sur ses genoux.

NIEULANDT (ADRIEN VAN)

110 — Moïse sauvé des eaux.

ORIZZONTI

111 — Paysage avec fabriques et chute d'eau.

OUDRY (Attribué à)

112 — Seigneur et son fils représentés au retour d'une chasse.

PAGGI

113 — Deux Allégories, motifs de plafond.

PANINI ?

114 — Paysage avec architecture.

Palais italien au bord d'une rivière traversée par un pont. Au premier plan, pâtres avec leurs bestiaux.

PEETERS (PETERS)

115 — Navires se brisant sur des rochers, signé et daté 1647.

PHILIPPE NAPOLITAIN

116 — Combat de cavaliers.

PHILIPPE NAPOLITAIN

117 — Campement d'armée.

PORDENONE (Attribué à)

118 — La sainte Famille.

POUSSIN (D'après Nicolas)

119 — La mort d'Alexandre.

RAOUX

120 — Le Jeu du bilboquet.

RAOUX (Genre de)

121 — L'Oiseau captif.

REMBRANDT (Ecole de)

122 — Un Arbalétrier.

REMBRANDT (D'après)

123 — La Leçon d'anatomie.

ROOS (Henri)

124 — Villageois conduisant des bestiaux au marché.

ROOS (Henri)

125 — Le Passage du gué.

RUBENS (Ecole de)

126 — La Croix apparaît à l'empereur Constantin. (Esquisse.)

RUBENS (Ecole de)

127 — Saint-Georges. (Esquisse.)

RUBENS (Ecole de)

128 — Tête de Philosophe.

SALVATOR ROSA ?

129 — Marine; mer houleuse.

SALVATOR (Ecole de)

130 — Port de mer italien; clair de lune.

SARRAZIN

131 — Ruines et Cours d'eau.

132 — Château fort sur un rocher.

SCHIDONE

133 — La Mise au tombeau.

SENAVE

134 — La Marchande de fruits.

SIMONINI

135 — Bataille.

SOLIMÈNE ?

136 — La Nativité.

SON (Van)

137 — Nature morte.
Citron à demi pelé, dans un plat, grappes de raisin, une canette et des verres déposés sur une table couverte d'un tapis.

SNAYERS (Pierre)

138 — La Chasse au cerf. Importante composition.

SNAYERS (P.)

139 — Cavalier.

SNYDERS (École de)

140 — Corbeille de fruits et Perroquet.

STEEN (Ecole de)

141 — Musico hollandais.

STUVEN (Ernest)

142 — Pêches, Raisins et Noix.

SWANEVELT

143 — Paysage avec figures.

TENIERS (Ecole de)

144 — Intérieur de Cabaret flamand.

TENIERS (Ecole de)

145 — Le Repas.

TERBURG (Ecole de)

146 — Portrait d'un guerrier cuirassé.

TILBORCH

147 — La Servante d'auberge.

VERENDAEL

148 — Bouquets de fleurs dans des vases de cristal. Deux
pendants.

VERKOLIÉ

140 — Baigneuse.

VERNET (Ecole de)

150 — Paysage et Marine. Deux pendants ovales.

VERTANGHEN

151 — Nymphe endormie surprise par un satyre.

VINCI (Ecole de LÉONARD DE)

152 — La sainte Famille avec sainte Anne et saint Jean Baptiste.

VOYS (Attribué à ARY DE)

153 — Le Buveur. (Gouache.)

WILLAERST (ABRAHAM)

154 — Une Plage avec Pêcheurs. Signé des initiales et daté 1645.

WILLE

155 — Portrait présumé de Louis XVII.
Représenté debout à l'entrée du parc de Trianon.

ÉCOLE ANGLAISE

156 — La Pêche au hareng.

Sur une plage au bord de la mer, des cavaliers, des dames et seigneurs en promenade assistent à l'arrivée des bateaux.

Agréable composition d'une touche fine et soignée qui rappelle l'exécution précieuse des maîtres hollandais.

ÉCOLE FRANÇAISE DU XVIIIᵉ SIÈCLE

157 — Une Famille. (Esquisse.)

MAITRE DU XVIIIᵉ SIÈCLE

158 — Portrait d'une princesse de la maison de Savoie.

ÉCOLE FRANÇAISE

159 — Offrande à l'Amour.

160 — Jeune Dame tenant un masque.

ÉCOLE ALLEMANDE, FIN DU XVIᵉ SIÈCLE

161 — Jeune Femme tenant un livre.

ÉCOLE ALLEMANDE

162 — Paysage; Site accidenté.

ÉCOLE FLAMANDE

163 — Le Christ et la Vierge représentés dans des médaillons entourés de guirlandes de fleurs.
Deux tableaux en pendants signés M. Bouillon, 1661.

164 — Saint Bruno délivrant un possédé du démon.

ÉCOLE FLAMANDE

165 — La Bénédiction des pains.

166 — Buveur tenant une canette.

167 — Raisins, Pommes et Noix dans un plat de métal.

168 — Mercure et Argus.

ÉCOLE HOLLANDAISE

169 — La Ménagère.

170 — Paysage; effet d'hiver.

171 — Ville maritime de Hollande. (Tableau signé Jacobus Flinck.)

ÉCOLE ITALIENNE

172 — Villageoise avec ses enfants.

173 — La Mort de saint Joseph.

174 — Choux et Céleris.

175 — Marine; clair de lune.

176 — Portrait d'un religieux entouré d'une guirlande de fleurs.

177 — Judith.

ÉCOLE VÉNITIENNE

178 — Le Martyre de saint Sébastien. Peinture sur marbre.

ÉCOLE NAPOLITAINE

179 — Paysages avec figures et animaux. Deux pendants.

ÉCOLE DE PARME

180 — L'Arrestation de Jésus.

ÉCOLE DE SÉVILLE

181 — Saint Antoine de Padoue.

ÉCOLE ESPAGNOLE

182 — Sainte Thérèse en extase.

183 — Saint Joseph portant l'Enfant Jésus endormi.

184 — Légumes, Fruits et Lapins.

TABLEAUX MODERNES

BEAULIEU (Anatole de)

185 — Halte au pied d'une tour ; Orient.

186 — Entrée de mosquée.

187 — Cavalier combattant un Serpent ; Orient.

188 — Le Bain ; scène orientale.

189 — Paysage ; soleil couchant.

DIAZ (Attribué à M.)

190 — Paysage. (Esquisse.)

191 — Sous bois. (Esquisse.)

LONGUET

192 — Paysage avec rochers. (Etude.)

193 — Paysage avec mare d'eau.

ROBBE

194 — Pâtre gardant des bestiaux.

DESSINS & PASTELS

ALAUX

195 — Figures allégoriques. Étude au crayon rehaussé
de blanc.

ALLAIS

196 — Portrait d'homme.

197 — Portrait de jeune dame.

LONGUET

198 — Paysage et figures. Pastel. Esquisse.

DECAMPS

199 — Figure de Turc. Étude à la mine de plomb.

200 — Quelques Dessins et Aquarelles encadrés seront
vendus sous ce numéro.

201 — Plusieurs cadres dorés.

202 — Sous ce numéro seront vendus les Tableaux non
catalogués.

RENOU et MAULDE, imprimeurs de la Compagnie des Commissaires-Priseurs
rue de Rivoli, 144.   2037

[illegible handwritten inscription]

www.ingramcontent.com/pod-product-compliance
Lightning Source LLC
LaVergne TN
LVHW021055050726
842519LV00003B/1163